Petites histoires à déguster

Contes et nouvelles de Noël

Isabelle Bruhl-Bastien

© 2022 Isabelle Bruhl-Bastien
Édition : BoD – Books on Demand, info@bod.fr
Impression : BoD – Books on Demand, In de
Tarpen 42, Norderstedt (Allemagne)
Impression à la demande
Dépôt légal : Novembre 2022
ISBN : 978-2-3224-3586-9
Illustration de couverture : Alexia BASTIEN 2022

Le Père Noël est déprimé

Parole de sophrologue, je vais vous conter l'histoire qui m'est arrivée :

Un jour, un homme m'appela pour prendre rendez-vous. A entendre sa voix, il s'agissait d'un vieux monsieur. Il me sembla fort déprimé. Mon agenda étant bien noirci, je lui proposai un rendez-vous pour deux semaines plus tard. Entendant ses soupirs, ou plutôt ses grognements, au bout du combiné, je sentis bien que cela ne lui convenait point. D'une voix chevrotante, je craignis d'ailleurs qu'il n'éclata en sanglots, il me révéla ses tracas. Très vite je compris l'urgence de l'affaire et lui proposai de le recevoir après mon dernier rendez-vous le soir-même. Je m'apprêtai à lui expliquer où se trouvait mon cabinet, mais le monsieur savait déjà où je me situais, la maison juste à côté de la forêt.

En cette belle journée de début décembre, le soleil et la douceur des températures exceptionnelles surprirent tout un chacun. A 19 h. 30, mon dernier client parti, je sortis, en pull, observer le ciel noir parsemé d'une multitude d'étoiles qui scintillaient plus que d'ordinaire. Soudain, je fus surprise par l'humidité qui m'entourait. Des gouttelettes glissaient sur mes cheveux, mon visage, mon corps. Je sentis mes os se glacer et fus parcourue de frissons. Je réalisai qu'un épais brouillard enveloppait la maison. La porte de mon cabinet, que je pensais juste derrière moi était devenue invisible. Je tendis le bras… rien. Je me penchai davantage… rien. Je fis quelques pas… toujours rien. J'avoue que je commençais sérieusement à m'inquiéter. J'avais beau partir en tous sens, je ne retrouvai plus mon local professionnel, pire, ma maison avait disparu ! Une angoisse me serra la gorge. Je fermai les yeux et tentai de m'apaiser. L'effet fut instantané. Je sentis comme une douceur m'envelopper. En ouvrant les yeux, je compris que cet état était dû au changement des conditions climatiques. Le brouillard avait disparu, je me trouvais au beau milieu de la forêt. Un épais manteau blanc recouvrait le sol et les arbres. Des cristaux de givre brillaient de mille feux, illuminés par la seule présence de la lune et des étoiles dans la voûte céleste. Cette étrange situation aurait pu m'effrayer, mais au lieu de cela, je me sentis légère, et plutôt détendue. J'avançai sans trop savoir où me diriger, guidée par mon instinct, auquel je m'étais, je dois l'avouer, toujours fiée. J'écartai quelques branches, en secouant l'épaisse couche de neige qui les faisaient ployer et là, face à moi, s'offrait une clairière blanche, lumineuse, presque éblouissante. De petites cloches tintèrent et un traîneau tracté par des rennes, descendu de je ne sais où, se posa sur le manteau neigeux. A son bord, un vieux monsieur à la longue barbe blanche et vêtu de rouge tourna la tête dans ma direction. Je frottai mes yeux, me pinçai, non, je ne rêvais pas. Le bonhomme lâcha les rênes descendit avec quelques difficultés et s'approcha de moi, le dos voûté. Mes pulsations cardiaques s'accélèrent. Dès qu'il commença à me parler, je compris qu'il était l'homme de mon rendez-vous d'urgence. Il me pria de l'accompagner jusqu'à son véhicule écologique. Je m'exécutai sans broncher. Il m'expliqua qu'il préférait que nous nous rencontrions dans un endroit discret, ce que je compris et je le remerciai, car je me demandai qu'elle aurait été la réaction de mes voisins en découvrant mon client peu ordinaire et surtout le traîneau garé dans ma cour. Je n'eus pas le temps de faire trois respirations, que nous nous retrouvions installés au fond de confortables fauteuils, près d'une cheminée, dans un lieu douillet, une tasse de chocolat chaud entre les mains. Le vieil homme, vous aurez compris qu'il s'agissait du Père Noël, me révéla être las. Il était au courant de tout ce qui se passait dans le monde, les guerres, les atrocités, les dégâts faits à la planète, les riches toujours plus riches, les pauvres de plus en plus pauvres. Les mensonges, les duperies, l'hypocrisie des hommes, la méchanceté, le rejet de l'autre. Il fondait ses espoirs sur les enfants, mais il craignait que ces bouts de choux ne soient contaminés par tout ce qui les entourait. Sa voix était monocorde, sa mine défaite, ses yeux humides. En parlant, il secouait la tête comme par dépit. Je compris qu'il était désabusé, mais surtout… le Père Noël était déprimé.

Imaginez alors ce que je pus ressentir à cet instant ! Je me demandai pourquoi ce personnage légendaire avait fait appel à ma petite personne, même si, je dois l'avouer, j'en fus flattée, mais surtout, je me dis qu'une lourde responsabilité pesait sur mes épaules. De cet entretien et des conseils que j'allais lui donner, dépendrait que des milliers d'enfants pourraient découvrir ou non des présents sous le sapin. Nous parlâmes alors des heures durant. Je lui fis part de ma façon de voir les choses. Depuis la naissance du monde, depuis que des hommes étaient sur Terre, malheureusement, les guerres, l'injustice existaient. Je comprenais son désarroi, sa lassitude, mais l'espoir et l'amour étant notre salut, nous ne devions pas baisser les bras. Les bambins l'aimaient, croyaient en lui, le monsieur au manteau rouge et à la barbe blanche. Il n'y avait qu'à voir les petites étoiles dans leurs yeux, leur merveilleux sourire en découvrant les cadeaux sous l'arbre de Noël. Le matin du 25 décembre, était sans doute le seul matin, où ils sautaient de bonne heure et excités dans leurs pantoufles aux pieds du lit. Certes, tous les enfants n'avaient pas cette chance. Il y avait des « oubliés ».

— Monsieur Noël, vous ne devez pas capituler ! Nous avons besoin de vous, l'humanité a besoin de vous !

Je lui proposai de lui faire une petite séance de sophrologie qui eut pour effet de l'assoupir quelques instants… ça ronfle fort un Père Noël ! Je dégustai mon chocolat qui avait refroidi. Il était délicieux. Le vieux monsieur ouvrit un œil, puis l'autre. Il me sourit. Son visage était serein, son regard lumineux. Il s'approcha de moi, me prit dans ses bras et me serra très fort. Il remit dans ma main un objet et referma mon poing. Impossible pour moi de dégager mes doigts pour voir ce dont il s'agissait. Vous ne pouvez imaginer ce que j'ai pu ressentir. C'est indescriptible ! Il faut le vivre au moins une fois dans sa vie. Il se leva, se dirigea vers un coin de la pièce. Un frisson d'horreur m'assaillit. Il monta sur une chaise au-dessus de laquelle était suspendue…. Une corde ! A mon grand soulagement, il la décrocha, la jeta dans le feu de la cheminée que les flammes léchèrent, puis dévorèrent. Alors, une fatigue m'envahit. A mon tour je me sentis lourde, mes yeux se fermèrent et je me sentis partir dans un profond sommeil. A mon réveil, je me trouvais dans mon cabinet, assise sur ma chaise. Je souris en pensant avoir fait un joli rêve. Je m'étirai en baillant et réalisai que mon poing était fermé. Je l'ouvris et avec stupeur découvrit un cœur en cristal avec gravé dessus ceci : *Merci Isa.*

Magie de Noël

La nuit était belle et le ciel constellé d'étoiles. La neige tombée en abondance depuis quelques jours donnait cette atmosphère ouatée et lumineuse qui réveille nos cœurs d'enfants. Devant la cheminée où crépitait un généreux feu, Margot, affalée dans son fauteuil en cuir, lisait, enveloppée d'un plaid douillet. Elle venait de se faire une tisane « Magie de Noël » achetée dans la journée sur le marché de Noël du village voisin. Divers stands proposaient des décorations, des pains d'épices, du vin chaud, des créations artisanales. L'ambiance était chaleureuse, les enfants se jetaient des boules de neige, des chorales chantaient un peu partout. Une vieille dame tenait un magnifique stand aux décorations et illuminations d'antan. Elle vendait divers thés et infusions dont les effluves épicés embaumaient les alentours. De nombreux badauds s'agglutinaient autour d'elle. Margot, attirée par l'attraction, s'était approchée, par curiosité. Puis, tout s'était enchaîné. Comment avait-elle pu se laisser influencer par la vieille dame, elle qui ne buvait que du café et qui avait horreur de toute herbe infusée dans de l'eau chaude ? Telle une sorcière, la commerçante, au regard profond et envoutant lui avec tendu un sachet au mélange de plantes, lui certifiant que c'était ce qu'il lui fallait, que cette préparation était faite pour elle. Margot, peu convaincue, avait humé les parfums de cannelle, de fleur d'oranger, de thym, de citronnelle et d'autres plantes aux savants noms latins. Elle n'y connaissait rien quant aux vertus de ces herbes et épices, mais la sorcière lui avait mis le sachet dans ses mains, lui annonçant le prix que la jeune femme trouva exorbitant. Sans comprendre ce qui lui arrivait, elle avait alors cédé, peut-être pour avoir la paix. Partagée entre colère contre elle-même de s'être sans doute fait avoir et contre la vieille dame qui lui avait forcé la main, elle était rentrée chez elle, sans même prendre le temps de se promener dans les allées à la découverte des autres stands. De toute façon, ces festivités, ce n'était pas pour elle. Elle détestait toutes ces fêtes, qu'elle trouvait d'un autre siècle. Elle ne comprenait pas l'effervescence de la société à cette époque de l'année.

Sur le chemin du retour, son petit paquet kraft dans la main, elle avait toutefois souri en repensant aux manières infaillibles de la commerçante. Si elle n'avait pas été aussi âgée, Margot aurait pu lui proposer de venir travailler dans sa société. Après tout, elle était responsable des ressources humaines et l'entreprise avait besoin de commerciaux, même peu scrupuleux, dotés de techniques de ventes infaillibles.

Après avoir fait bouillir l'eau et jeté une poignée du mélange à infuser, elle avait passé le tout puis versé la boisson dans une grosse tasse. Que risquait-elle à goûter ce breuvage ? Si toutefois, cela ne lui convenait pas, elle pourrait le jeter dans l'évier et se préparer un bon café.

Rarement en congés, elle avait été contrainte de prendre une semaine de repos. Difficile pour elle de se faire à l'idée de rester seule chez elle sans toucher au téléphone portable, ni à son ordinateur. Comment allait-elle occuper ses journées ? Là était la question. Elle avait trouvé un livre qui lui semblait intéressant et avait décidé de se plonger dedans, comme autrefois, lorsqu'elle était une adolescente insouciante et qu'elle adorait s'échapper au gré de ses lectures. Il lui semblait que cela faisait une éternité.

Margot allait avoir quarante ans. Elle vouait sa vie à la société qui l'avait embauchée dix ans auparavant. Elle avait de nombreuses compétences et avait fait de longues études, ce qui lui avait valu de gravir très vite les échelons, afin de devenir responsable des ressources humaines. Le Président de la société lui avait proposé, il y a peu de temps, lors d'un dîner professionnel, le poste de directrice générale. La proposition était alléchante. Elle avait l'intention d'accepter, aimant les challenges. Elle se mettait beaucoup la pression, le stress était son moteur. Mais peu importe, ce qui comptait pour elle était la réussite, comme un pied de nez à son père qui avait toujours douté de ses capacités. Certes, il lui arrivait de se dire que son ascension était mue par l'unique raison de sa relation difficile avec lui. Mais cela n'avait plus d'importance. Elle avait la rage de réussir et d'aller toujours plus loin, pour davantage de gain. Ses efforts allaient une nouvelle fois être récompensés. Dès son retour de congés, elle allait annoncer au président son acceptation. Elle pourrait même négocier son salaire au maximum.

Margot, le sourire aux lèvres, posa son livre sur la table de salon, prit sa tasse fumante entre ses mains et huma l'infusion. Elle ferma les yeux et se sentit envahie par un frisson de plaisir. Etonnée, elle trempa ses lèvres et but quelques gorgées. Quel délice ! C'était incroyable ! Elle laissa glisser dans sa gorge le liquide, qui lui procura instantanément une sensation de sérénité. Elle fut surprise que l'eau chaude dans laquelle avaient macéré des herbes, puissent lui procurer autant de volupté. Elle s'inquiéta même du contenu du sachet, craignant qu'il n'y contienne quelques drogues. Elle partit chercher le sachet, détailla la liste des plantes. Rien dans les noms ne lui parut suspect, bien qu'elle n'en connût que la moitié. Il lui faudrait apporter ce mélange à une amie qui travaillait dans un laboratoire. Ce serait plus prudent. Cependant, elle ne résista pas à l'envie de boire le restant de sa tasse. Elle fut surprise de découvrir qu'elle était vide. Elle avait tout bu. Elle hésita, puis se fit chauffer à nouveau de l'eau, fit infuser une poignée du savant mélange. Elle avala très vite le contenu de sa tasse et se sentit si bien, qu'elle renouvela l'opération encore et encore ! Elle était tellement détendue, qu'elle ne se souvenait plus ce qu'était le stress, les angoisses, ni la colère. Il ne lui sembla pas être droguée pour autant. Elle disposait de toutes ses facultés. Son travail et les soucis du quotidien s'éloignaient, elle se sentait vivante, dans l'instant, notion qui lui était jusque-là inconnue.

Désirant se préparer une nouvelle fois du breuvage, elle fut déçue de découvrir le sachet vide. Il lui fallait absolument braver le froid et la neige, afin de retourner au marché de Noël et rencontrer la vieille dame, afin qu'elle lui vende de sa tisane. Elle lui en prendrait plusieurs sachets cette fois.

Margot éprouva quelques difficultés à rouler de nuit, sur la route enneigée. Elle arriva enfin dans le village voisin. Elle se gara et se dirigea directement, après quelques glissades, jusqu'au stand tant convoité. La voyant s'approcher, la vieille dame eut un petit sourire. Elle lui tendit un sachet avant que sa jeune cliente ne s'adressât à elle. Satisfaite, Margot avait tendu le billet, en omettant de lui en commander plusieurs. Elle approcha machinalement le paquet devant elle et remarqua que si le nom du mélange était le même, la composition de la tisane avait changé. Elle s'apprêtait à lui en faire la remarque, mais la sorcière lui répondit aussitôt, « C'est ce dont vous avez besoin désormais ».

Comme hypnotisée, elle reprit le chemin du retour. Elle se précipita dans la cuisine, afin de se préparer la nouvelle tisane, dont le parfum, tout autant agréable, avait changé. Une fois infusée, elle dégusta la boisson. Etrange ! Elle se sentait toujours sereine, mais avec cette fois un regain d'énergie. Pas cette excitation due au stress dont elle avait l'habitude, non, plus une énergie qui lui donnait envie de changer des tas de choses dans sa vie. Une deuxième, puis une troisième tasse, lui permirent d'y voir plus clair. Sa vie n'était qu'un leurre. Elle se devait de changer, de vivre pleinement sa vie en découvrant de nouvelles valeurs, plus pures. Elle ne souhaitait plus être poussée par l'appât du gain, ni l'ascension professionnelle ou sociale. Pour commencer, elle allait téléphoner à ses parents qu'elle n'avait pas appelés depuis plusieurs années et leur proposer de venir passer les fêtes de Noël avec eux. Il était temps de faire la paix avec son père, après une discussion d'adulte à adulte, mais en toute quiétude. Elle allait faire de sa vie un rêve et réaliser désormais tout ce qu'elle n'avait encore jamais osé entreprendre. Profiter de la vie, des gens qu'elle aimait, renouer avec certains et surtout VIVRE ! Elle souhaitait retourner voir la vieille dame qui lui avait vendu ces potions magiques pour la remercier. Elle reprit son véhicule, refit le même trajet, se gara au même endroit. Quelle ne fut pas sa surprise de découvrir, qu'il n'y avait plus de marché de Noël. Elle interrogea un passant, qui la regarda avec étonnement, avant de lui répondre.

— Mais, ma petite dame, il n'y a plus de marché de Noël dans notre village depuis des lustres !

Eberluée, Margot insista :

— Il y avait une vieille dame à cet endroit précis ! Elle vendait des tisanes !

— Une vieille dame, dites-vous ? Des tisanes ? Il s'agissait sans doute de Madeleine !

— Oui, il me semble avoir entendu quelqu'un s'adresser à elle par ce prénom ! Margot reprit espoir.

— Vous devez faire erreur, car Madeleine est décédée il y a dix ans aujourd'hui, c'était ma tante !

Interloquée et déçue, elle rentra chez elle. Que s'était-il passé ce jour-même ! Que lui était-il arrivé ? Cela dépassait l'entendement. Peut-être qu'elle ne devait pas chercher d'explication, simplement accueillir ce qu'elle avait vécu et apprécier ce qui s'était éveillé en elle. C'était certain, la magie de Noël avait opéré !

Le Noël de Jacky

Jacky Lemoine marchait depuis des heures dans les rues. Il errait comme une âme en peine. Il était mal ! Il avait mal ! Il venait d'apprendre LA nouvelle. Était-ce par son compagnon de rue, Fabrice ? Par des passants ? Par la Une des journaux affichés en devanture du bureau de tabac ? Il ne savait plus. En fait, peu importait la manière dont il avait découvert cette affreuse nouvelle, l'impensable était arrivé ! Il souleva sa manche et regarda son tatouage sur son bras. Non, son idole ne pouvait pas mourir, son visage était gravé à jamais sur sa peau. L'encre avait pénétré tous ses tissus, toutes ses cellules. Il était lui, il en était imbibé ! Tout le monde lui trouvait une ressemblance et il en jouait. Avant, il avait tous ses disques. Il avait même une pièce qui lui était consacrée, rien que pour son idole de rocker, avec des posters, des objets divers à son effigie, des reliques. Jacky portait le même prénom que son chanteur préféré, Jacky John, une star, non, un Dieu ! Qui n'aimait pas Jacky John ? Qui n'avait jamais chanté ses chansons ? Qui n'avait pas connu son conjoint sur l'un de ses slows ? Car le rocker populaire qu'il était chantait aussi de la variété et des slows. Jacky avait d'ailleurs rencontré sa femme sur l'une de ses chansons. La magie des chansons du rocker !

Il était heureux à l'époque. Il travaillait comme électricien, sa femme faisait quelques ménages. Ils avaient un petit appartement plutôt coquet, avec sa pièce, lieu de culte. Même sa femme n'avait pas le droit d'y entrer. Tant pis pour la poussière ! Et puis il y avait eu le drame. L'horreur ! Alors qu'il était au travail, un incendie avait embrasé l'immeuble. Tout était parti en peu de temps ! Sa femme, les meubles, toutes leurs affaires et les reliques de Jacky John. Il ne restait plus rien. En y repensant, un frisson parcourut son dos. C'est fou comme en peu de temps tout pouvait basculer. Il avait tout perdu. Le pire, c'était qu'il n'avait pas d'assurance, pour faire des économies.

Comment continuer à vivre après ça ? Comment se reconstruire ? L'alcool, la rue, la perte de son emploi, la chute. Cela faisait dix ans qu'il vivait d'aumônes. Heureusement son Dieu, gravé sur sa peau veillait sur lui. Sa ressemblance avec son idole provoquait à la fois jalousie et admiration. Quelques balafres sur son visage, stigmates d'agressions subies les premières années qu'il était à la rue, mais aussi ses tatouages lui donnaient un statut bien particulier. On ne le cherchait plus. Il choisissait ses compagnons de galère, ses endroits pour dormir, sur des bancs l'été, sous des cartons l'hiver. Il avait survécu à toutes ces galères, comme il avait pu. Mais, là, c'était autre chose ! Comment vivre sans son Dieu ? Même s'il ne l'écoutait plus, même s'il ne l'avait jamais vu en concert, il ne le suivait qu'en lisant les journaux et revues trouvés çà et là. L'essentiel était de le savoir en vie et actif. Il avait toujours l'espoir qu'un jour sa situation pourrait s'améliorer. Alors, c'était sûr il se payerait un billet pour l'un de ses concerts, grandioses parait-il.

Tout s'effondrait ! Il éclata en sanglots et s'écroula sur le sol froid de ce mois de décembre. Il mit du temps à se relever. Il n'avait qu'une chose à faire, le rejoindre. Mourir pour le retrouver là-haut ! Il reprit sa marche, tel un automate et se dirigea vers la rivière qui traversait la ville. L'eau devait être glacée ! Mais pas autant que son propre cœur ! Il longea la berge, puis monta sur le pont. Il enjamba le parapet, se pencha et s'apprêtait à sauter lorsqu'une toux interrompit son geste.

— Excusez-moi, que faites-vous, là ?

Surpris, Jacky se retourna. Un homme âgé, vêtu de rouge l'observait. Jacky n'en crut pas ses yeux. Le Père Noël ! Il rêvait, allait se réveiller et apprendre par la même occasion que son Dieu n'était pas mort. L'autre s'approcha de lui, posa la main sur son bras. Jacky ressentit une chaleur se dégager de cette main, gagner son bras, son épaule, puis très vite tout son corps et surtout, surtout… son cœur. Lui qui avait toujours été anticonformiste, lui qui n'avait jamais vraiment fêté Noël, se retrouvait envahi par quelque chose d'inexplicable par le seul contact du vieux vêtu de rouge. Ce dernier reprit, l'enveloppant de son doux regard :

— Je suis las ! Je suis vieux ! J'ai besoin d'un remplaçant !

Jacky restait toujours sans voix. D'ailleurs que pouvait-il répondre à cela ? L'autre continua :

— Je suis certain que ce rôle vous irait à merveille !

Des sons sortirent enfin de la bouche de Jacky. Il balança, comme muni d'une mitraillette :

— Qui êtes-vous ? Que me voulez-vous ? laissez-moi tranquille ! Je veux en finir ! Je n'ai plus rien à faire dans ce bas monde ! Je n'en peux plus ! Foutez le camp ! Vous m'entendez ? Foutez le camp et laisser moi en finir !

Le vieil homme souriait. La colère montait en Jacky. Mais ce sentiment était-il dirigé contre cet intrus ou contre lui-même ?

— Je sais tout ça, et croyez-moi si vous voulez, je vous comprends ! Je suis passé par là, cela fait … Euh attendez je réfléchis, cela fait presque quarante ans ! J'ai voulu me jeter depuis ce même pont. Je n'avais plus rien qui me retenait dans ce bas monde comme vous dites. Mais un vieux monsieur vêtu de rouge m'a arrêté dans mon geste et m'a donné la mission que je souhaiterais à mon tour vous transmettre. Comme une passation de pouvoir si vous voulez !

Jacky éclata de rire ! Jamais il n'avait entendu pareille idiotie. Il était victime d'une farce, des caméras étaient sans aucun doute en train de le filmer ! Il portait son regard tout autour de lui à la recherche de personnes applaudissant et riant, comme il avait pu le voir dans des émissions par le passé, quand il avait encore un appartement et un poste de télévision. Mais, rien de tel ne se produisit. Il ne comprenait pas ce qui lui arrivait. Le vieux monsieur l'observait. L'homme descendit du parapet, comme hypnotisé. L'autre sortit de sa hotte un costume rouge et lui tendit. Sans se poser de question, Jacky l'enfila. Il lui allait comme un gant. A peine l'eut-il sur le dos, qu'il se sentit chargé d'une mission. Apporter du rêve et du bonheur ! Jamais il n'avait ressenti cela par le passé. Il ne savait même pas que ce sentiment pouvait exister. Tout prit sens alors pour lui. Une révélation !

Le vieil homme disparut comme par magie. Jacky resta seul, stupéfait par ce qu'il venait de vivre.

Fièrement il déambula dans les rues. Il croisa quelques bambins, fous de joies, qui s'exclamèrent, des étoiles dans les yeux :

— Maman, regarde ! Le Père Noël !

Les enfants coururent jusqu'à lui, les bras ouverts, en quête d'un câlin du Monsieur vêtu de rouge.

Quel bonheur pour Jacky que cette mission. Il se sentait pour la première fois de sa vie IMPORTANT, mais surtout VIVANT !

Il leva les yeux au ciel, fixant son regard vers une petite étoile plus scintillante que les autres. Il lui fit un clin d'œil, en guise de remerciement.

Mado

Comme chaque année, Mado passera Noël seule. Comme chaque année, elle se préparera un petit dîner un peu plus élaboré que d'ordinaire. Elle s'ouvrira certainement une bouteille de cet excellent bordeaux dont son mari et elle raffolaient. Il en restait encore quelques cartons dans la cave. Comme chaque année, elle se fera une tisane pour digérer ce repas un peu trop copieux pour le soir, avant de se glisser dans les draps froids. Comme chaque soir, elle se tournera vers le portrait de son défunt mari et lui souhaitera bonne nuit.

Mado s'était habituée à cette solitude et cela lui convenait très bien. Elle détestait le bruit, l'animation, les gens. En fait, elle détestait presque tout ce qui se trouvait sur cette Terre. Elle trouvait que les humains étaient ingrats et futiles.

Mado n'avait jamais eu d'enfant. Elle n'en voulait pas, au grand damne de son époux. A quoi bon avoir des enfants, pour qu'ils grandissent et évoluent dans un monde aussi méprisant et détestable que le nôtre. Plus elle vieillissait, plus elle devenait aigrie, sans même s'en rendre compte.

En fait, Mado n'aimait que les animaux. Elle avait un chien qui lui tenait compagnie et l'avertissait par des aboiements rauques de l'approche de tout intrus. Seul le facteur pouvait s'approcher… et encore, jusqu'à la boîte aux lettres, au bout de l'allée. Hors de question qu'il s'approche de la maison et vienne sonner à la porte d'entrée, au cas où il y aurait un colis pour la vieille dame. De toute façon, des colis, Mado n'en recevait jamais.

La veille de Noël, Mado se satisfaisait de son sort en restant seule chez elle. Les courses étaient faites, elle pouvait tenir plusieurs semaines dans son antre. Heureusement, parce qu'il commençait à neiger depuis quelques heures. Une belle couche blanche recouvrait le jardin, la route et les arbres. Encore quelques heures et la maison serait totalement isolée du monde, ce qui n'était pas pour lui déplaire. Une bonne flambée dans la cheminée, une tasse de thé noir fumant, un plaid sur les genoux, le chien à ses pieds, Mado, le regard dans le vague, rêvassait. Lorsqu'elle revint à la réalité, il faisait nuit. La seule clarté venait de la lune et des flammes qui semblaient danser dans la pièce, jouant de leurs reflets sur les murs. Soudain, la vieille dame entendit gratter à la porte d'entrée. Etrangement, le chien avait dressé les oreilles, mais n'avait pas aboyé. Le bruit se faisait entendre davantage. Mado se décida à se lever, en bougonnant. Elle s'approcha de l'entrée, resserra son gilet pour bien protéger sa gorge et entrouvrit la porte. A l'extérieur, il n'y avait personne, le silence était le plus total. La neige n'avait cessé de tomber et une épaisse couche recouvrait le sol. De gros flocons valsaient encore, éclairés par les reflets de la lune, tout comme le décor féérique qui entourait la maison. Quel calme ! Quelle tranquillité ! Mado baissa son regard sur le perron et vit de petites empreintes qui venaient du jardin. Elle se retourna et vit qu'un chat était entré et avait pris place sur le fauteuil qu'elle venait de quitter. Elle ne l'avait pas vu se faufiler entre ses jambes. Elle referma la porte, en maugréant et revint devant la cheminée.

— Tu n'es pas gêné, toi ! Fais comme chez toi si tu veux ! Pffff ! Allez pousse-toi de là que je reprenne ma place ! Je veux bien te tolérer chez moi, au chaud, après tout c'est Noël ! Mais par contre tu te fais tout petit et tu ne fais pas de bêtises ! D'accord ?

Mado, n'attendait pas de réponse à sa question. Mais le matou noir et blanc monta aussitôt sur ses genoux et la fixa dans les yeux. La dame ressentit des frissons sur tout son corps. Prise de panique, elle voulut chasser l'animal de ses genoux, mais n'y parvint pas. Il la fixait tant que son regard puissant la pénétrait. Ses deux agates jaunes l'hypnotisaient. Qui était ce chat ? D'où venait-t-il ? Prise d'un vertige, elle détourna le regard. Elle voulut se lever, mais son corps ne lui répondait plus. L'incroyable se produisait, elle était dominée par ce matou, qui pourtant semblait inoffensif. Elle tourna de l'œil et revit sa vie défiler devant elle, dans un vertigineux tourbillon, comme dans un tambour de machine à laver lors de l'essorage.

Sa mère l'avait abandonnée alors qu'elle avait deux ans. Elle avait été placée dans un orphelinat, où elle était restée quelques années. A six ans, une famille l'avait adoptée, elle pensait enfin être heureuse et avoir une vie « normale » comme toutes les petites filles de son âge. Malheureusement, il n'en fut rien. Le père la battait et la mère l'ignorait. Son enfance fut terrible. L'adolescence, guère plus réjouissante, jusqu'à ce qu'elle rencontre Edouard, celui qui deviendra son doux mari.

Voilà pourquoi, elle ne voulait pas d'enfant, son passé douloureux l'avait tant traumatisée, qu'elle craignait la répétition de son l'histoire. Un accident, une mort prématurée du couple, une grave maladie, que deviendrait cet enfant ? Toute sa vie elle avait traîné ce lourd fardeau. Après le décès de son cher époux, elle en avait voulu à la Terre entière. Mais à cet instant elle comprit que le monde n'était pas responsable de ce qu'elle avait enduré. Surtout les enfants ! Alors, pourquoi ne ferait-elle pas quelque chose pour rendre heureux, au moins une fois, des bambins qui souffraient du manque de famille ? Un orphelinat se trouvait à quelques kilomètres de chez elle. Elle ouvrit les yeux, fut éblouie par une lumière intense. Le chat n'était plus là.

Avait-elle rêvé ? Elle se dirigea vers la porte d'entrée pour vérifier quelque chose. A l'extérieur, dans la neige, il y avait des traces de pattes, jusque sur le perron. Un chat était bien entré chez elle. Mais où était-il passé ? Elle chercha dans toute la maison, mais ne le trouva pas.

Mado se sentait « différente ». Elle n'avait pas halluciné et pourtant, elle ne savait plus si elle avait réellement vécu cette expérience.

Poussée par une étrange force, elle prit l'annuaire, puis le téléphone et composa le numéro de l'orphelinat. Elle se présenta et proposa ses services pour ce jour si particulier, à condition que quelqu'un vienne déneiger son entrée et la route. Après tout, si elle n'avait jamais été une mère, peut-être pourrait-elle devenir la grand-mère de ces bouts de choux et leur apporter ce qu'elle aurait rêvé d'avoir petite. Une bouffée d'amour l'envahit. Elle se réjouissait du Noël qu'elle allait passer avec ces pauvres gosses. Bien décidée à apporter un rayon de soleil dans leur triste vie, elle espérait qu'ils passeraient le plus merveilleux Noël qu'ils n'aient jamais connu. Elle leur racontera des histoires, les cajolera. Elle se précipita alors dans sa cuisine, afin de se lancer dans la confection de délicieux gâteaux. Mado ne passera pas Noël toute seule cette année. Elle sentit une boule de poils se lover à ses pieds. Le chat était réapparu. Il avait sans doute rempli sa mission.

Un mystérieux objet

L'aigle dessinait des cercles dans le ciel. Un froid glacial s'était abattu sur la région. Le petit village de Buc, dans le Territoire de Belfort, s'était réveillé sous une épaisse couche de neige, mais le soleil refaisait son apparition. Camille repéra l'oiseau qui se détachait au loin dans le bleu profond de l'azur. L'amplitude de ses cercles se réduisait peu à peu. Intriguée, la jeune fille, chaussée de bottes fourrées et d'un épais manteau, suivit son instinct, comme un appel à se diriger vers les chemins blancs, empruntés de temps à autre par les pèlerins de Compostelle. Elle éprouvait des difficultés à avancer tant la neige était abondante. Elle finit par atteindre le lieu indiqué par l'oiseau. Elle balaya le paysage du regard, rien en vue, seulement une étendue blanche étincelante. Elle leva les yeux au ciel, l'emplumé avait disparu. Elle sourit de sa curiosité qui n'avait pas été assouvie. Alors qu'elle s'apprêtait à rebrousser chemin, son attention fut attirée par un petit objet brillant sur le sol. Elle se baissa pour le prendre entre ses doigts glacés. Ce qu'elle prit pour une pièce de monnaie, était en fait un bouton en bronze. Elle rapprocha le mystérieux objet de ses yeux afin de détailler ce qui y était gravé. Un aigle au centre déployait ses ailes. Il tenait dans ses serres un rameau d'olivier d'un côté et des flèches de l'autre. Surprise par ce trésor, elle le rangea dans sa poche en prenant soin de garder sa main dessus. Elle rentra, revigorée par sa balade. Sa grand-mère l'attendait pour préparer le repas de Noël. La famille devait se réunir le lendemain pour sa plus grande joie. La jeune fille et son aïeule s'activèrent en cuisine. Elles préparèrent des sablés de Noël, du pain d'épices, une bûche au chocolat et autres mets sucrés tous aussi appétissants les uns que les autres. Elle ne dit mot de sa trouvaille. Le soir venu, elle déposa son trésor sous son oreiller. Une paix intérieure la gagna aussitôt. Jamais elle ne s'était sentie aussi heureuse ! Elle se laissa tomber sur le matelas et sombra aussitôt dans un profond sommeil. Elle partit alors dans un rêve étrange qui la mena plus d'un siècle en arrière...

La guerre, la première, avait éclaté quatre ans plus tôt, plongeant ainsi l'Europe et une partie du Monde dans une période de tourments. James commandait un bataillon de soldats. Ses hommes et lui venaient d'outre atlantique afin d'aider les militaires français, les Poilus. Drôle de nom et drôle de guerre ! Il se doutait que l'horreur les attendait sur le front de la Haute Alsace où ils se dirigeaient. Les soldats français étaient à bout, ils leur venaient donc en renfort. Ils s'étaient arrêtés dans quelques villages de cette contrée dont ils n'avaient jamais entendu parler, le Territoire de Belfort aux pieds des Vosges et proche de l'Alsace.

Par chance, James avait appris le français, il pouvait ainsi communiquer avec les habitants du petit village dans lequel il se trouvait pour une nuit, Buc. Le jeune Américain avait trouvé le gîte et le couvert dans une famille, ravie d'accueillir un soldat venu de si loin pour aider les hommes sur le front. La fille de cette famille, Mélanie, était d'une grande beauté. James n'osait poser ses yeux sur elle, de peur de paraître grossier au regard de cette sympathique famille. Le repas fut un véritable supplice pour lui, tant il sentait l'émotion le gagner dès qu'il croisait son regard ou qu'il entendait sa voix. Sa nuit fut agitée, tant il pensait à elle. Il était tombé follement amoureux de la demoiselle. Quelle cruauté pour lui de se dire qu'il ne la verrait peut-être plus jamais ! Il ne pouvait s'y résoudre. Sa décision fut prise. Au petit jour, alors qu'il se préparait à rejoindre ses hommes, il croisa Mélanie dans la grange attenante à la maison familiale. La jeune fille baissa les yeux, ses joues rosirent. Tendrement le militaire lui prit les mains et lui déclara avec un fort accent américain :

— Ma chère Mélanie, je suis amoureux de vous ! Depuis que je vous ai vue, je ne pense qu'à vous ! Je ne peux pas imaginer vivre sans vous ! Dès que la guerre sera terminée, je reviendrai demander votre main !

Mélanie dont le cœur s'affola porta son regard sur son beau prétendant. Ses joues s'empourprèrent de plus belle. Elle aussi éprouvait de l'émotion à son égard. Sa nuit avait été bercée de doux rêves.

Le cœur léger, James prit le chemin blanc en ce mois d'octobre 1918 et trébucha sur une pierre. Il se redressa et partit rejoindre sa division pour retrouver le front alsacien. Après plusieurs kilomètres de marche, il s'aperçut qu'il lui manquait un bouton à son uniforme. Il se souvint alors de sa chute. C'était sans doute à ce moment qu'il l'avait perdu.

Les militaires vécurent des semaines terribles. Le jeune homme, blessé au front, fut hospitalisé et rapatrié dans son pays. Légèrement handicapé, il n'eut pas le courage de revenir vers sa belle, par crainte qu'elle ne le rejetât. Il garda toute sa vie en mémoire le visage de cette douce Mélanie qui occupait une place dans son cœur. Il s'était marié, avait eu des enfants. Il avait toujours espéré que la jeune fille, à qui il pensait chaque jour, avait trouvé un bon mari qui la rendît heureuse.

Quelques heures avant sa mort, le 23 décembre 1998, le souvenir de son bouton perdu lui revint. Sa famille avait fêté ses cent ans deux mois auparavant. Sa mémoire s'effilochait, pourtant le visage de la belle Mélanie restait gravé au plus profond de son âme. Peut-être avait-elle quitté la Terre et s'apprêtait-il à la retrouver ?

Il fit une dernière prière, celle que son bouton perdu porta chance et paix à la personne qui l'aurait en sa possession.

Il ne se doutait pas alors, que vingt-trois années après son décès, un certain 23 décembre, la jeune Camille, descendante de Mélanie, découvrirait ce trésor qu'elle mettrait sous son oreiller.

Ce conte n'est que pure fiction… ou peut-être pas !

Un Noël exceptionnel

Violette, impatiente, le front collé à la vitre de sa chambre attendait les premiers flocons de neige, annoncés par la météo. Depuis le matin, elle tournait en rond, incapable d'entreprendre quoi que ce soit et n'avait de cesse de porter son regard en direction de cette fenêtre. La nuit commençait à tomber. En cette journée de 24 décembre, son vœu le plus cher était de voir la neige recouvrir la rue et les paysages alentours. Cette fête de Noël ne devait pas être comme les précédentes. Ses parents s'étaient séparés quelques mois auparavant. Depuis, elle vivait seule avec sa mère, dans ce petit appartement de trois pièces, avec un minimum de confort. La mère de Violette devait travailler jusqu'au soir de la veillée. Chaque jour, elle rentrait épuisée par ses journées de ménages chez des particuliers et en soirée dans des entreprises. Tout ça, pour gagner si peu, juste de quoi les loger et les nourrir toutes les deux. Il n'y avait aucune place pour le superflu, pour les plaisirs ou pour les loisirs. Du jour au lendemain, le père de Violette était parti et n'avait jamais donné signe de vie. Selon Nathalie, la mère de la fillette, il avait rencontré une autre femme et avait choisi de tout quitter pour commencer une nouvelle vie ailleurs. Il ne s'était nullement soucié du devenir de sa compagne et de sa fille.

— Quel goujat ! n'avait de cesse de répéter la jeune femme lorsqu'elle songeait à celui qu'elle avait pourtant aimé.

Elle n'avait personne sur qui compter, pas de famille, ses parents étant décédés. Elle se sentait souvent désespérée. La petite fille tentait de lui redonner le moral, mais la situation était bien difficile. La fillette ne comprenait pas grand-chose à cette histoire de « grands ». Son père lui manquait, elle n'avait cependant pas beaucoup de souvenirs avec lui, car il avait été peu présent.

Dehors, des enfants, éclairés par les réverbères de la rue, riaient entourés de leurs parents. Plutôt qu'être chagrinée, Violette se réjouissait pour eux. Ils étaient heureux, tant mieux ! Elle ne ressentait ni envie, ni jalousie.

Et puis, qu'est-ce que le bonheur ? De toute façon, les rares fois où son père était là, son univers familial n'était que violentes disputes. Ce premier Noël, seule avec sa mère, serait certainement plus serein, voire plus magique.

Certains adultes sortaient de leurs véhicules, les bras chargés de cadeaux. La petite fille savait qu'elle n'aurait rien. Ce n'était pas grave. Même sans vraiment y croire, elle avait écrit une lettre au père Noël, ne demandant qu'une seule chose. Elle verrait bien si sa lettre parviendrait jusqu'à cet étrange vieux monsieur et s'il y répondrait favorablement.

Ce qu'elle attendait surtout était que de petits cristaux blancs et légers tombent du ciel.

Soudain, elle vit passer devant ses yeux une petite mouche blanche, puis une autre, et encore d'autres, des dizaines, des centaines, des milliers. Il ne s'agissait pas de mouches, mais bien de flocons. La météo ne s'était pas trompée. La neige commençait à tomber ! Violette le savait, ce Noël ne serait pas comme les autres ! Elle allait vivre avec sa mère quelque chose d'exceptionnel. En fait, elle avait fait un rêve étrange dans lequel il leur arrivait une belle aventure. Dans ce songe, il y avait beaucoup de neige, il y avait aussi un …. Non, la fillette n'osait pas prononcer le nom de peur que son désir ne soit pas exaucé.

Elle resta ainsi de nombreuses minutes, front collé à la vitre dont elle sentait le froid. De la buée troublait le verre au niveau de son nez et de sa bouche. Elle riait de voir les flocons de plus en plus gros virevolter et se poser avec douceur çà et là. Dehors, la route, les trottoirs, même le rebord de sa fenêtre étaient blancs. Des enfants commençaient à sortir emmitouflés pour jouer avec cette pellicule blanche dont l'épaisseur augmentait. Leurs pas laissaient des traces, ils faisaient des glissades.

Violette n'avait pas le droit de sortir lorsque sa mère n'était pas à la maison. Elle les observait et riait de leurs bêtises. La couche devenait de plus en plus épaisse. Les voitures circulaient avec difficultés. Une boule d'angoisse comprima la poitrine de la fillette. Et si sa mère était bloquée au travail et n'avait pas la possibilité de rentrer pour le réveillon de Noël ? Elle regarda l'heure à son réveil : 18 h. Elle ne devait plus tarder. Généralement elle finissait ses ménages dans l'entreprise vers 20h, mais exceptionnellement, elle était sensée terminer plus tôt. Avec cette neige qui s'accumulait sur la route, comment pouvait-elle rentrer ? Le cœur de Violette s'affolait. Elle imaginait déjà sa mère réveillonner toute seule dans des locaux tristes et froids et elle, seule dans leur petit appartement. La joie de voir les flocons s'était dissipée et regarder les gamins insouciants rire dehors l'énervait désormais !

Elle ferma les yeux et repensa à son rêve. Et si au lieu d'un merveilleux Noël, elle vivait le pire de toute sa vie ! Des larmes commençaient à couler sur ses joues. Pourtant elle eut une lueur d'espoir. Peut-être que sa demande au Père Noël allait être entendue et son rêve réalisé !

Soudain, elle entendit un miaulement, pas très distinctement, mais il était là tout de même. Fabulait-elle ? Dans son rêve, il y avait un chat. Elle n'osait pas ouvrir les yeux, de peur de rompre la magie. Le miaulement se fit plus intense. Elle se décida enfin à soulever les paupières. Sur le rebord de la fenêtre, se trouvait un matou, noir et blanc. Elle ouvrit la vitre précipitamment. Le chat se frotta à son bras, puis se sauva.

Non ! s'exclama-t-elle. Tu ne peux pas t'en aller ! Reviens, tu étais dans mon rêve et j'ai écrit au Père Noël pour qu'il m'apporte un chat ! Le même que toi !

Elle le suivit du regard, les yeux emplis de larmes. Le félin s'était stoppé dans sa course, s'était retourné, l'avait observée. Une lumière jaune scintillait dans ses yeux. Il avait poussé un petit cri et était reparti. A plusieurs reprises, il s'était retourné, avant de reprendre sa course.

Que voulait lui dire ce matou ? Elle attrapa son manteau, son écharpe, son bonnet qu'elle enfila à la hâte. Elle mit ses bottes et sortit afin de suivre son nouvel ami. Il venait de stopper au milieu de la rue, mais dès qu'elle approchait, il détalait. Il s'amusa à ce petit jeu à plusieurs reprises. La fillette s'éloigna du quartier. Partagée entre angoisse car il faisait nuit, scrupules de trahir sa mère, et curiosité, elle finit par se laisser aller en suivant le chat. Les flocons plus épais et abondants tombaient autour de Violette. Elle percevait à peine son chemin. Un vent glacial s'était levé. La petite était transie de froid. Le chat courait devant elle. Elle glissa à plusieurs reprises dans la nuit, seulement illuminée par la couverture blanche, car les réverbères étaient loin. Soudain, elle vit une lumière… ou plutôt deux lumières dans ce qu'elle devinait être un fossé. En s'approchant, elle vit qu'il s'agissait d'une voiture accidentée. Elle reconnut alors le véhicule de sa mère. Affolée, elle courut jusqu'à lui. Sa mère se trouvait coincée à l'intérieur de l'habitacle. Grâce au ciel, elle était saine et sauve. Comment l'aider à sortir de là ? La petite fille, désespérée, cherchait une solution autour d'elle.

C'est alors qu'elle entendit la voix d'un vieux Monsieur, les interpeller :

— Oh mon Dieu ! Que s'est-il passé ? Vous n'êtes pas blessées ?

Il aida Nathalie à sortir du véhicule.

— Vous ne pouvez pas rester là, avec cette tempête de neige. Venez vous abriter chez nous. Nous nous occuperons de votre voiture plus tard ! Ma femme et moi vivons dans la maison, là-bas à deux cent mètres !

Tout en parlant, il prit Violette par la main et aida Nathalie, un peu étourdie par l'accident, à marcher. Après avoir traversé une allée, ils arrivèrent face à une coquette maison. Il ouvrit la porte d'entrée et proposa à la fillette et sa mère de pénétrer. Une douce chaleur les enveloppa aussitôt, ainsi que le fumet d'un bon repas. La petite sentit des gargouillements dans son ventre. Une vieille dame souriante s'approcha. D'une douce voix, elle les guida jusqu'au salon où trônait un magnifique et gigantesque sapin de Noël. Les yeux de Violette s'écarquillèrent. Elle n'en avait jamais vu de si beau et si grand. Dans la cheminée, un feu crépitait.

— Installez-vous mes petites. Voulez-vous que l'on prévienne quelqu'un ? Votre mari peut-être, madame ?

Lasse, Nathalie éclata en sanglot et raconta son histoire. Elle était à bout, elle se sentait si seule.

— Vous passerez Noël avec nous mes petites ! Je cuisine toujours beaucoup trop pour nous deux. Une curieuse habitude pour un couple qui n'a jamais eu d'enfant. Cela nous a bien manqué d'ailleurs. Nous aurions adoré voir de petits chérubins gambader dans la maison et le jardin, puis grandir et peut-être avoir eux-mêmes des enfants. Mais le destin en a décidé autrement.

— Je suis navrée pour vous ! répondit Nathalie

La dame avait souri, séchant quelques larmes avec son mouchoir.

— Je suis tellement contente que Voyou soit venu nous alerter. Sans lui, mon mari ne serait jamais sorti et ne vous aurait donc pas porté secours.

— Voyou ? demanda Violette cherchant une tierce personne dans la pièce.

C'est alors qu'en suivant le regard de la vieille dame, elle découvrit, couché sur un fauteuil, près du feu, le chat noir et blanc qui était venu la chercher chez elle.

Elle l'observa. Il lui sembla que le matou lui faisait un clin d'œil. Elle sut à cet instant que son rêve venait de se réaliser. Sa mère et elle allaient passer le plus merveilleux Noël de leur vie. Elle comprit aussi qu'elle venait de rencontrer en la personne de cet adorable couple, une grand-mère et un grand-père et qu'à l'avenir, ils sauraient veiller les uns sur les autres.

Attrape le temps !

La porte d'entrée s'ouvre sur mon homme et se referme aussitôt. Louis laisse le froid derrière lui. Je me jette dans ses bras et l'embrasse, amusée par les petits glaçons qui pendent à sa barbe. Son visage est rouge et froid. Il me plaque avec force contre son manteau humide.

— Alors Madame Perrin, on a déjà l'ennui de son mari ?

— Je n'aime pas quand tu me laisses seule !

— Qu'est-ce que c'est que cette mine boudeuse ? Voilà une semaine que nous sommes mariés et je découvre une jeune femme capricieuse ! Je ne t'ai abandonnée que quelques heures, ma chérie !

Les yeux pleins de malice, il propose que je m'habille chaudement et tels deux bambins fous de joie, nous sortons. Dans la nuit, la neige apporte une lueur presque bleutée. Elle crisse sous nos pieds et nous projette vers des souvenirs d'enfance. Quel plaisir que de s'enfoncer ainsi dans ce manteau blanc, par endroits jusqu'aux genoux !

Louis me prend par la taille, épaissie par les nombreuses couches de protections thermiques et m'attire à lui couvrant de baisers les seules parties découvertes de mon visage. Je suis si bien avec lui ! J'ai toujours su que cet homme était pour moi. Lorsqu'il m'a demandé de l'épouser, de plus le jour de mes vingt ans, j'ai dit, ou plutôt j'ai crié : « oui ! ».

Déstabilisés par un amas de neige, nous chutons et chahutons au sol. Je me redresse, forme une boule de poudreuse et lui envoie en pleine tête. Je pouffe, comme une gamine de dix ans, puis je pars en courant par peur des représailles. Elles ne tardent pas à venir. Mon mari se lève et me poursuit, armé d'une boule blanche. Passant à proximité d'un arbre, ployant sous le poids de la neige, je pense me cacher dessous, mais la poudreuse tombe et m'ensevelit. Mes cris de stupeurs, mêlés à mes éclats de rires permettent à mon assaillant de me localiser. Il me saute dessus, avant de me libérer. Je me tiens les côtes tant je ris, et j'éprouve des difficultés à marcher. Quel bonheur ! Louis me soutient et m'aide à avancer jusqu'à notre maison. Nous entendons tinter les cloches de l'église de Lepuix-Gy, village du Territoire de Belfort, au pied du Ballon d'Alsace. D'énormes flocons, éclairés par la seule présence de la lune, virevoltent dans le ciel, donnant à cet instant davantage de féérie. Comme il serait merveilleux que le temps s'arrête !

Nous rentrons, trempés, transis de froid, mais heureux. Nous nous dévêtons et nous glissons sous la couverture que je viens d'étendre devant la cheminée. Le feu crépite et réchauffe nos corps enlacés, amoureux. Dans les bras réconfortants et protecteurs de mon homme, je suis du regard la trajectoire des braises qui sautillent. Les flammes dansent dans l'âtre et mordillent le restant de bûches aux extrémités rougeâtres. Je m'assoupis.

Une sensation étrange me fait ouvrir les yeux. Louis n'est plus à mes côtés. Je ressens par moments de vives douleurs dans l'abdomen. Le feu ne s'est pas arrêté, pourtant j'ai froid et suis trempée. Je porte mes mains sur mon ventre. Il est énorme. Les douleurs diffuses jusqu'au niveau de mes reins deviennent de plus en plus insupportables et me laissent peu de répit. Je gémis, me tords, m'arc-boute, essayant de trouver une posture qui puisse me soulager. Je perçois à peine le bruit dans les escaliers, puis l'apparition de mon mari, livide, les traits tirés.

— Tiens bon ma chérie, j'ai fait appeler le docteur Girardin. Il arrive au plus vite… Enfin, il va faire de son mieux. Avec la neige qui ne cesse de tomber, les routes sont impraticables.

J'ai peur. Il se passe quelque chose de surréaliste ! Il y a quelques minutes nous étions jeunes mariés, amoureux, enlacés devant la cheminée et là, tout à coup, je comprends que je suis sur le point d'accoucher. Je suis angoissée, ma respiration est saccadée. Même si la situation est ahurissante, je me concentre sur mon état. J'ai un bébé dans mes entrailles et il s'apprête à sortir ! Un petit ange, fruit de notre amour. Mes craintes sont que le médecin n'arrive pas à temps. Louis fait les cents pas. Il vient vers moi, tente de me rassurer, puis repart vers la fenêtre, afin de surveiller l'arrivée du docteur. Il finit par m'agacer avec ses incessants allers-retours et je ne peux m'empêcher de hurler :

— Arrête ! Arrête ! Tu m'énerves !

Il me semble que je perds connaissance.

Lorsque je reviens à moi, j'ai un nourrisson dans les bras. Mon sein est dégagé de mon bustier et ce petit bonhomme tête goulument. Louis porte un regard tendre sur nous deux.

— Mes deux amours ! Je vous aime tant !

Il nous prend dans ses bras costauds, ce qui n'est pas du goût de l'enfant. Dérangé dans son repas, il crie, rouge de colère. Notre fils, Antoine, est né il y a quelques heures, peut-être une journée, je ne sais plus. Cela passe si vite ! J'observe mon mari. Il a changé. Est-ce la paternité qui a modifié ses traits ? Malgré la tendresse qu'il nous porte, il paraît inquiet.

— Toi aussi, tu es décontenancé par ce qui se passe ?

— J'ai peur, Marie !

Tremblant, il se jette tout contre moi. Je lui caresse les cheveux. Nous restons ainsi tous les trois. En moi, grandit la frustration de n'avoir aucun souvenir de ma grossesse. Le temps s'arrête. J'aimerais le retenir.

— Maman !

Je situe la petite voix dans mon dos. Je me retourne et découvre mon fils qui s'approche en courant. Il n'est plus dans mes bras et ne tête plus. C'est un petit homme de cinq ans désormais. La situation est angoissante, mais je souris.

— C'est quand qu'il vient, Papa Noël ?

— Bientôt, mon Ange ! Bientôt !

Que répondre d'autre dans de telles circonstances. Aussi surprenant que cela puisse paraître, tout me semble naturel. Je n'ai plus la notion du temps, cependant je suis mon instinct et me laisse porter par cet étrange tourbillon. Je suis sereine. Je me trouve dans ma maison, Antoine est plein de vie. Mon mari ne va plus tarder à rentrer. Rien ne peut altérer ce bonheur… si ce n'est l'horloge qui s'accélère. La porte d'entrée s'ouvre, le froid pénètre et me glace les os, mais l'image qui s'offre à mes yeux réchauffe mon cœur. Louis entre, à moitié caché par un gros sapin. Le petit, fou de joie saute sur place, puis court pour aider son père. Je les regarde, émue, tant la scène est touchante. Mon mari sort d'un carton des décorations de Noël, des boules de verre peintes de couleurs différentes, des guirlandes étincelantes, des cheveux d'ange, une pointe pour mettre à la cime de l'arbre. Nous sommes privilégiés ! Que demander de plus à la vie ? Si ce n'est d'arrêter le temps qui défile et que je ne maîtrise pas. Je n'ose pas me détourner de cette scène idyllique, car je crains qu'elle ne disparaisse à jamais. Soudain, le noir complet. Je tremble, perds tous mes repères : que vais-je encore découvrir ?

— Zut ! Encore une panne de courant ! s'exclame Louis

— Souette ! Maman, allume des bouzies !

Je suis ravie et soulagée de réaliser que mon fils a le même âge. Le cauchemar est peut-être terminé ! Je me dirige, à tâtons, vers le buffet, trouve des allumettes et quelques chandelles que j'allume aussitôt. Le sapin et ses décorations scintillent davantage sous cet éclairage de fortune, ce qui ajoute à la magie de cette période festive.

Mon cœur est sur le point de cesser de battre, lorsqu'en me retournant, je constate qu'autour d'une belle table, sans doute décorée par mes soins, se trouvent mes parents, mes beaux-parents, mes deux frères et leurs épouses. Louis préside à la place qui doit être la sienne lorsque nous recevons. Je tourne la tête sur ma droite et découvre une petite table où s'esclaffent quatre enfants âgés de six à dix ans. Parmi ce petit groupe, je reconnais mon fils, à l'âge de raison. C'en est trop pour moi. Prise de panique, je lâche le plat que je tenais et pars en courant dans la chambre à l'étage. Je m'affale sur le lit et pleure jusqu'à ce qu'il ne me reste plus aucune larme. La voix douce de mon mari, derrière la porte, me réconforte. Je réalise la stupidité de mon comportement. Je lui ouvre, honteuse, les yeux bouffis, les joues empourprées, les cheveux ébouriffés.

— Je suis désolée Louis ! C'est tellement inouï ce qui nous arrive !

— Chut ! Calme-toi, mon amour ! Tout va rentrer dans l'ordre, j'en suis certain !

— Mais comment peux-tu vivre aussi sereinement cette facétie ? Dis-moi que nous rêvons ! Oui… hein, c'est ça ? On va se réveiller et le temps va enfin s'arrêter ?

— Je ne suis sûr de rien. Tout ce que je sais, c'est que je t'aime et que je suis bien avec toi.

Soudain inquiète pour nos invités, laissés seuls devant leur assiette vide, il me rassure et me distrait de mes angoisses en me racontant les conséquences de mon petit malaise. La dinde, qui se pavanait au milieu des marrons sur le plat de terre cuite, avait perdu de sa superbe après une glissade sous la table pour s'immobiliser entre les deux pantoufles de pépé Albert. Le sort des marrons n'étant guère plus glorieux, les enfants se firent un malin plaisir à les recueillir un peu partout dans la pièce. Je souris en imaginant la scène. Après m'avoir quittée, Louis a rassuré tous les convives sur mon état en expliquant que j'étais épuisée ces temps-ci.

Chacun se souviendra longtemps de ce jour de Noël, notamment des fous rires qui s'en suivirent.

Après le départ de toute la famille, nous profitons d'un peu de répit, tous les trois. Antoine joue avec ses cadeaux, Louis et moi nous reposons sur le canapé. Mes paupières sont lourdes, je ne résiste pas à l'envie de faire un petit somme.

Prise par mes pensées, c'est dans la cuisine que je me retrouve. Des bribes de souvenirs de voyages me viennent en mémoire. C'est sans doute la Norvège qui m'a le plus marquée. Je nous vois, mon mari et moi, saisis par la beauté des fjords, des décors époustouflants. Je me souviens de villes portuaires aux maisons colorées, telle Bergen. Nous avons eu la chance d'être témoin d'une aurore boréale. Mais quand était-ce ?

Mes mains coupent les légumes par automatisme. Des voix dans le salon m'apaisent. Je pense aux réactions de mes hommes lorsque je leur apporterai leur mets préféré pour ce réveillon de Noël et cela me fait chaud au cœur. À cet instant, résignée, je ne me pose aucune question. Mon fils va-t-il pénétrer en courant dans la cuisine, pressé que je les rejoigne au salon. Il pourra ainsi ouvrir ses cadeaux. Je ressens des frissons et quelques courbatures. C'est étrange, mes mains ne sont plus aussi lisses. Je coupe les carottes avec dextérité et les plonge dans la cocotte au milieu de la viande et des autres légumes.

Noël est l'une de mes fêtes préférées, un moment privilégié à passer en famille. Il est important pour moi de préserver la tradition. Demain, il y aura des absents. Parmi les « anciens », certains sont partis. C'est le cas de mon père et de mon beau-père. Je n'ai plus de notion du temps, cependant, je ressens ce genre de fait. Une présence dans mon dos me fait sursauter. On me serre par la taille et m'embrasse dans le cou. Mon cœur bat très vite, je me retourne et fond littéralement dès que je vois mon fils. Sa voix a changé.

— Tu viens boire l'apéritif, Maman ? Papa t'a servi une coupe de champagne !

Je passe ma main sur sa joue. Comme il est beau, mon fils ! J'ai un pincement au cœur en pensant qu'une jeune fille me le prendra un jour. Et cela peut arriver très vite. J'en sais quelque chose. Il a vingt ans ! A-t-il déjà une amoureuse ? J'espère qu'elle le rendra heureux ! Antoine me prend par la main et m'entraîne au salon. Louis a remis une bûche dans la cheminée. Sous le sapin, plusieurs cadeaux multicolores attendent leur futur propriétaire. Mon mari me rejoint sur le canapé et me chatouille. Je m'apprête à sauter à pieds joints sur le divan en criant, mais je me ravise aussitôt, car je réalise que ce n'est plus de mon âge. Quel âge ai-je désormais ? Je pense avoir quarante-six ans. J'observe mon homme à mes côtés, grisonnant, plus séduisant que jamais. Il n'a plus sa barbe. Je remarque son ventre qui déborde au-dessus de la ceinture. Ça n'a pas d'importance ! Très vite je rougis et cache mes rondeurs sous mon gilet que je boutonne. Mon geste amuse Louis qui fait un clin d'œil à son fils. Nous trinquons et nous précipitons sur nos présents que nous déballons. C'est bien, nous avons gardé notre âme d'enfant ! Mais je ne peux empêcher une larme de couler le long de ma joue. Ma gorge est serrée. La lumière m'incommode, une migraine et des vertiges me donnent des nausées. Mes jambes se dérobent et je m'écroule sur le tapis.

Nous refermons la porte d'entrée. Respirer l'air hivernal et vivifiant de notre Franche-Comté natale est une véritable félicité ! Le ciel est dégagé, il fait très froid. Certains arbres n'ont pas résisté au poids de la neige. Quelques branches cassées jonchent le sol et maculent la blancheur du manteau. Main dans la main, Louis et moi marchons sur notre chemin que l'agriculteur voisin a déblayé. Il nous rend bien des services depuis quelque temps. Nous sommes emmitouflés pour éviter d'attraper froid. Nos pas sont toujours alertes, mais plus question de courir dans la neige, parce que… et pourquoi pas ? Nous devons penser la même chose, nos regards malicieux se croisent et je me lance la première. Je ris, comme avant, je trébuche, me relève, continue ma course, avec difficultés certes, mais je fais de grandes enjambées. Mes éclats de rire me fatiguent, j'ai un point de côté, mais peu importe, je suis en vie et heureuse ! Louis, quant à lui, s'est lancé à ma poursuite. De temps en temps je me retourne et le vois, souvent affalé dans la poudreuse. Je décide de l'attendre. Lorsqu'enfin il me rejoint, nous nous blottissons l'un contre l'autre.

— D'accord ! Tu as gagné cette fois-ci ! Mais attends un peu que je sois plus en forme ! m'annonce-t-il, essoufflé.

Ses joues sont davantage creusées et je vois quelques rides d'expression sur son visage. Il porte des lunettes, couvertes de buée, résultat de la fusion entre sa respiration et le froid extérieur. De son bonnet, dépassent quelques mèches poivre et sel. Plus sel que poivre, d'ailleurs !

Arrivés devant le perron de la maison, un pan de neige venant du toit nous tombe sur la tête. Nous sommes un peu sonnés, mais cela nous fait rire de plus belle. Nous entrons chez nous, accueillis par une douce chaleur. Je nous prépare un chocolat chaud. Que c'est agréable ! Malgré des douleurs aux articulations, je me sens bien. Je viens m'installer près de mon mari. Il m'enlace tendrement. Nous nous aimons toujours autant. Que cette maudite pendule cesse de nous gâcher notre plaisir !

Soudain des cris d'enfants nous sortent de notre torpeur ! Heureusement, nous sommes vêtus ! La situation m'amuse. Je me tourne aussitôt vers Louis : il a encore vieilli ! Je regarde mes mains, elles sont bien ridées. La peur me ronge. Je suis hantée par le temps qui défile. Jusqu'à quand allons-nous vivre cette fugacité ? Le regard humide que pose mon mari sur moi me fait comprendre que lui aussi est terrifié. Il vit les événements avec plus de sérénité, ce qui me rassure. L'essentiel n'est-il pas de vieillir ensemble ? Il serait impensable que seul l'un de nous deux subisse la décrépitude de son corps. Complices, nous nous sourions et nous levons, très difficilement, pour accueillir les deux adorables bambins que nous ont donnés Antoine et Alice, sa femme. Mon fils entre, couvert de poudre blanche !

— Que de neige et ça tombe encore par rafales ! Heureusement que j'avais mis les chaînes pour venir ! Avec les gamins, nous irons skier à la Planche des Belles Filles ces jours-ci !

Il se frotte les pieds sur le paillasson et secoue la neige de son blouson, avant de venir nous embrasser. Les petits, bien emmitouflés, ont le bout du nez rouge et glacé !

Nous sommes surpris de ne pas voir Alice. Antoine, gêné, regarde ses enfants, nous fait un clin d'œil pour nous faire comprendre qu'il a quelque chose à nous dire, mais en aparté. Dès la fin du repas, Claire et Julien se précipitent sur moi.

— Mamie ! Raconte-nous une histoire ! Elles sont toujours trop belles !

C'est très étrange de s'entendre appeler "mamie" alors que je venais à peine de me familiariser au titre de "maman" ! Je les prends par la main, les accompagne dans leur chambre. Bientôt, installée sur le lit, entre eux deux et je leur conte une histoire avec des dragons et des robots. Et oui, les temps changent !

Lorsque je redescends, Antoine nous annonce sa séparation d'avec Alice. Je n'ai que quelques souvenirs de ma belle-fille. Je n'arrive plus à les fixer. Tout se précipite dans ma tête : le jour où il nous l'a présentée, leur mariage, la naissance des enfants. Je me souviens pourtant que je l'appréciais beaucoup. À nouveau des vertiges, tous les souvenirs valsent dans mon cerveau. Je ne vois plus ni mon mari, ni mon fils. Il fait noir. Tout va de plus en plus vite. Je m'entends crier :

— Louis ! Attrape le temps !

Il me serre, avec moins de force qu'auparavant. Je m'apaise dans ses bras. Tout s'accélère dans ma tête ! Depuis une trentaine d'années, le temps défile encore plus vite ! Trop vite ! C'est terrible et étrange ! Je n'éprouve qu'une vague réminiscence du passé le plus proche. Mes petits-enfants ont grandi, je crois même qu'ils se sont mariés et ont eu des enfants. Mais ce n'est pas concret dans ma tête. Des palpitations dans ma poitrine, des tremblements, des douleurs, des lourdeurs, mon corps fripé ne m'est plus familier. Ma vue a encore baissé, mes lunettes ne sont plus adaptées. Dès que je commence à parler, la voix chevrotante qui sort de ma bouche m'est étrangère. Louis est allongé à mes côtés. Je mets du temps à le reconnaître. Même affaibli, il me regarde et me sourit. Je constate avec plaisir, qu'il a toujours son regard malicieux.

— Que nous est-il arrivé, Louis ? En quelques jours, nous avons vécu des fragments de vie ! Tout nous échappe !

— Non, ma Chérie, pas tout ! Il y a encore une chose qui est intacte…

Il ne termine pas sa phrase, mais je le comprends. Je me dis que nous avons vécu des difficultés, des aléas, mais il ne m'en reste aucun souvenir. Les bons moments me sont revenus. Durant ces quelques jours passés au chevet de mon mari, j'ai balayé notre vie. Elle était belle, nous avons eu beaucoup de chance, pourtant nous avons vécu avec modestie. Dans l'opulence, aurions-nous été plus heureux ? Je n'en suis pas certaine ! La main de Louis qui était sur mon ventre a glissé. Je n'entends plus sa respiration. Mon oreille posée sur sa poitrine ne capte plus le doux tempo des battements de son cœur. Je sais que bientôt je le retrouverai. Je n'ai plus peur. Par la fenêtre, je vois la neige qui tombe ! Quel bonheur ! Je me sens légère !

Une neige bienfaitrice

L'humeur n'était plus aux réjouissances. Il suffisait d'allumer la télévision, d'écouter la radio ou encore de lancer internet pour découvrir des nouvelles peu agréables. Terrorisme, guerres, insécurité, épidémies, réchauffement climatique et bien d'autres sujets tout aussi alarmants les uns que les autres. Il fallait bien le reconnaître, la morosité s'était installée dans toutes les chaumières. Les fêtes de Noël n'avaient plus les mêmes saveurs. Certains avaient même décidé que les 24 et 25 décembre seraient des jours comme les autres. Juste des journées où l'on se levait le matin, avec une seule envie, celle de retourner se coucher.

Sans doute en raison du changement climatique, comme partout ailleurs, Buc, village terrifortain, n'avait plus connu de neige depuis quelques années. Les plus anciens avaient la nostalgie des bonhommes de neige, des descentes en ski ou en luge dans les Vosges toutes proches. Cela devait remonter à cinq ans. En effet, la dernière neige était tombée en 2020 et encore, juste quelques menus flocons. Ne plus voir de neige en Franche-Comté, ce n'était pas normal. « La Terre ne tourne plus rond ! » disaient beaucoup.

En cette fin d'année 2025, le petit Jules, du haut de ses quatre ans, avait grandi au milieu de la peur et de la morosité ambiante. Sa maman, Edwige, était toujours triste. Elle tremblait, dès qu'il allait à l'école. Il ne sortait jamais pour jouer ou se promener. Ce petit bout de chou ne savait pas ce que les fêtes de Noël pouvaient signifier. Quant à la neige, difficile pour lui de s'imaginer à quoi cela ressemblait. Il avait découvert dans la cave de ses grands-parents un drôle de truc en bois et un autre en plastique rouge. Il avait demandé à quoi cela pouvait servir. Sa mère lui avait expliqué que le premier objet était une luge et le second un bob de neige. Elle avait dû lui préciser ce qu'était la neige. Il ne comprenait pas comment des trucs blancs et froids pouvaient tomber du ciel et tout recouvrir. Il essayait pourtant de s'imaginer du coton voltiger dans les airs et se poser sur le sol. Mais si c'était léger, cela ne pouvait pas atterrir et devenir dur pour permettre les glissades. Non, vraiment, il ne comprenait pas !

Dans le village, en cette soirée du 24 décembre, comme un peu partout dans le Pays, chaque habitant venait de s'enfermer dans sa maison. Le petit Jules repensait à cette histoire merveilleuse que sa maman lui avait lue. Une histoire de Noël, avec un sapin décoré de boules étincelantes et une table dressée pour accueillir les membres de la famille, invités pour l'occasion. Dans le conte, il y avait également un vieux monsieur avec une barbe blanche et vêtu d'un manteau rouge. Il portait de grosses bottes et un énorme sac dans le dos. Sa maman disait que c'était une hotte remplie de cadeaux, lui précisant qu'il s'agissait là de bêtises.

Guettant derrière les persiennes, Jules demanda soudain à sa mère de se promener avec lui. Dans un premier temps, la jeune femme refusa. Puis, le garçonnet les yeux emplis de larmes, se mit à hurler :

— S'il te plaît maman, un petit peu dehors, un tout petit peu ! Je veux me promener avec toi !

Comment résister à ce trésor ? Edwige aida son fils à s'habiller, prit son manteau sur la patère et sortit en prenant soin de cramponner Jules. Ils marchèrent ainsi dans le village, où tous les volets étaient fermés. Ils passèrent devant l'église, prirent un chemin qui menait au château d'eau. La nuit était tombée depuis un moment. Edwige craignait de faire de mauvaises rencontres. Sa main se crispait sur celle du petit garçon, afin qu'il ne lui échappât pas. Elle n'était pas rassurée. S'il devait leur arriver quelque chose de fâcheux, qui pourrait les entendre et leur porter secours ? Quelle idée elle avait eu d'accepter la demande saugrenue de son fils : sortir se promener ! Qui faisait cela de nos jours ? Seule la main chaude de Jules dans la sienne l'apaisait.

Tout à coup, mère et fils s'arrêtèrent. Avaient-ils bien entendu ? Comme un son de clochettes. Edwige se dit que son imagination lui avait joué des tours. Ils reprirent leur promenade. Le tintement se fit entendre à nouveau.

— C'est peut-être le Père Noël, maman !

— Mais non chéri, ce sont des histoires tout ça !

— Je suis sûr que c'est lui ! Regarde là-bas, tout là-bas !

Excité, le gamin réussit à lâcher la main de sa mère pour courir en direction de la masse rouge qu'ils pouvaient deviner au loin. Edwige, affolée, appela son fils en criant.

— Juuules ! Revient vers moi immédiatement ! Juuuules !

Le petit était déjà loin. Elle courut pour le rattraper. Il s'approchait de la silhouette rouge qui ressemblait en effet à l'image que l'on se faisait du Père Noël. Ce dernier avait pris l'enfant dans ses bras. La jeune femme tremblait, persuadée que son fils allait être kidnappé. En s'approchant, elle vit le regard doux et souriant du vieil homme de rouge vêtu. Celui-ci s'adressa à elle :

— Bonjour Edwige ! N'ayez crainte, je ne vous ferai aucun mal, ni à vous, ni à votre petit trésor de Jules. C'est un garçon si gentil et tellement intelligent. Depuis bien des années, chers humains, vous vivez des périodes difficiles qui vous ont poussés à vous méfier de tout le monde. De même, plus personne ne croit en la magie de la vie. C'est bien regrettable ! C'est la raison pour laquelle, j'ai décidé de vous apporter, ici à Buc, un inestimable cadeau.

Aussitôt il leva les mains vers le ciel, claqua dans ses doigts. C'est alors que de minuscules flocons commencèrent à virevolter ici et là et se poser délicatement sur le sol. Jules, les yeux écarquillés observait cette valse aérienne. Sa mère, la bouche entrouverte, n'avait su quoi répondre au vieux monsieur et ne fut pas plus loquace à la vue des flocons. La neige se mit à tomber par rafales drues. Les flocons devinrent énormes et recouvrirent le paysage.

Le garçonnet riait aux éclats. Le vieux monsieur, qui n'était autre que le Père Noël en personne, l'avait reposé sur le sol. Jules courait partout, essayant d'attraper les flocons dans ses petites mains. Edwige sentit aussitôt une douceur l'envelopper. Elle se sentait aussi légère que les flocons. Elle eut envie de rire comme son fils et ne s'en priva pas.

Le Père Noël, attendri, les observa.

— N'oubliez pas d'ouvrir votre cœur au Monde ! La vie vous le rendra. Les animaux ont fui les humains, mais ils reviendront. La magie de Noël réapparaîtra dès ce soir ! Regardez dans le village, tous les habitants sont sortis de chez eux pour se réjouir de cette neige. Elle soignera tous vos maux, quels qu'ils soient !

Puis il partit en riant. Edwige se retourna et vit les maisons s'éclairer, les volets s'ouvrir, les bucains sortir, danser sous cette neige qui commençait à recouvrir le sol. Les enfants du village criaient, riaient. Les anciens ressortaient les luges. Tous les habitants avaient retrouvé leur joie de vivre. C'est ainsi que Buc devint le premier village où la vie et le bonheur l'avaient emporté contre la mélancolie et la noirceur du monde.

Lola et Max

Il va encore rentrer tard ! Il en a pris l'habitude depuis pas mal de temps. Elle ne sait plus depuis quand cela dure, mais elle se languit de sa présence. Que fait-il ? Où est-il ?

Lola tourne en rond dans la maison. Le fauteuil de « son Max » est désespérément vide. Elle se dirige vers la chambre à coucher, sent l'oreiller de celui qu'elle aime. Son odeur la fait frémir et la transporte. Elle devient folle. Autrefois, ils étaient inséparables tous les deux et tellement complices ! Cet amour inconditionnel est né dès le jour de leur rencontre. Elle pensait que ce serait pour la vie ! C'était merveilleux ! Pourtant au fil du temps, il lui a échappé. Qu'a-t-elle fait ? ou pas fait ? Son cœur bat-il pour une autre ? Toutes ces questions ne trouvent aucune réponse.

Lorsqu'il rentre, de plus en plus tard, discrètement, elle l'épie. Elle est à l'affût du moindre indice. Elle a bien repéré un parfum voluptueux sur ses vêtements. Quelle horreur ! Lola est malheureuse. Elle se sent si seule, abandonnée. Une rage l'envahit, ses entrailles se tordent. Elle crie, elle hurle même. Une envie de tout détruire, tout déchirer la prend alors. Elle ne supporte plus ce lieu qui était pourtant son havre de paix. Elle n'en peut plus. La situation est insoutenable pour elle. Elle ne tolère plus de se sentir trahie, humiliée, délaissée. Lorsqu'il est là, il l'ignore la plupart du temps. Plus de geste tendre, plus de petits mots au creux de son oreille. Son Max était pourtant aimant, voire enveloppant. Partir loin, très loin, est désormais son unique souhait. Sa décision est une véritable déchirure pour elle. Mais a-t-elle encore le choix ?

Elle sort. Et le cœur gros, elle affronte le froid piquant de cette soirée hivernale. Quelle galère ! Le vent souffle si fort qu'elle peine à avancer. Glacée jusqu'aux os, angoissée, elle progresse lentement, sans trop savoir où aller. Elle ne connait personne. Transie de froid, grelottante, elle s'abrite quelques instants sous un porche du bourg. Tout le monde s'active autour d'elle. Des enfants excités hurlent. Des parents énervés s'époumonent. Des amoureux courent main dans la main en riant. Des chorales chantent ici et là. Un homme crie « Marrons chauds ». Mais personne ne la remarque. Lola se sent si vulnérable ! Son Max lui manque tant ! Elle songe aux délicieux moments qu'ils ont vécus. Ce qu'elle ressentait pour lui était si fort qu'elle pensait que c'était réciproque. Mais elle s'est trompée. Peut-être qu'au début il l'aimait autant, mais après, son amour s'est sans doute effiloché. Quel gâchis !

Elle reprend sa fuite vers un avenir incertain. Elle accélère sa cadence. Prise par ses pensées, elle ne s'est pas rendue compte qu'elle avait quitté le bourg. Autour d'elle, elle devine le néant. Il fait nuit et la lune permet à peine de percevoir des champs de part et d'autre du chemin. Elle ressent un vertige qui lui fait stopper à nouveau sa progression. De petites poussières d'étoiles tournoient au-dessus de sa tête. Elle s'en amuse quelques instants, puis reprend sa marche. Les minuscules flocons se posent çà et là avec légèreté, puis de plus en plus gros, ils commencent à recouvrir le sol, ainsi que Lola. Que c'est froid ! Puis, un tourbillon de flocons plus denses entame une valse autour d'elle. Elle ne voit plus rien. Perdue, trempée, gelée, terrifiée, elle se fige. Elle s'en veut d'être partie sur un coup de tête. Qu'est-ce qui lui a pris de quitter son nid douillet ? Et son Max, de retour à la maison, ne la voyant pas, est-il parti à sa recherche ?

Dans l'immensité blanche qui l'entoure, elle distingue à peine ses pas derrière elle. Que faire ? poursuivre, au risque de mourir, seule ? Ou rebrousser chemin ? Si elle prend cette décision, elle se doit d'agir immédiatement. Elle ne met pas longtemps à réfléchir. Elle fait demi-tour. Elle peine à avancer, mais par la force de sa volonté elle se traîne presque. Soudain, au loin, elle aperçoit deux lumières au travers de la tempête de neige. Un véhicule approche et stoppe au milieu de la route, après avoir dérapé. Un homme sort de la voiture et court au-devant d'elle en hurlant :

Lola ! Lola !

Son cœur s'emballe à la vue de son Max qui glisse, tombe, se relève, court à nouveau et finit par la rejoindre. Il la prend dans ses bras, l'embrasse, la serre si fort qu'elle manque d'étouffer. Qu'il est doux d'être contre lui ! Sa chaleur, son odeur l'enveloppent et la réconfortent instantanément.

Lola ! J'ai eu si peur ! Pourquoi es-tu partie comme ça ? En rentrant, dès que j'ai vu que tu étais partie, j'ai cru mourir d'inquiétude ! Viens, ma Lola, on rentre à la maison.

Affaiblie, Lola porte son regard sur lui, puis s'affale sur le siège passager. Max démarre, fait demi-tour et prend la direction de la maison. Il la prend dans ses bras. Elle tremble. Dès le seuil franchi, Lola découvre une jeune femme qui vient au-devant d'eux. Le regard de son Max s'illumine aussitôt, puis elle l'entend lui dire :

— Lola, je te présente ma chérie Maude ! Elle vient passer Noël avec nous !

— Bonjour Lola, ravie de faire ta connaissance !

La jeune femme s'installe sur son canapé et son Max la rejoint. C'est donc ça, la raison de son éloignement. Cette rivale qui lui prend celui qu'elle chérit plus que tout au monde. Et il ose la faire venir ici sous son nez ! Lola va montrer à cette fille qui est la maîtresse de ces lieux. Elle s'installe sur les genoux du jeune homme et le fixant dans les yeux se met à miauler comme jamais elle ne l'avait fait ! Le jeune couple, enlacé, caresse alors la minette qui finalement se met à ronronner. Ce sera le premier Noël qu'ils passeront tous les trois.

Les Mésanges

Marie s'observait dans le miroir de sa chambre. Elle ne pouvait s'empêcher de faire des grimaces et de tirer la langue à la fillette espiègle que lui renvoyait le reflet du tain. Elle éclata d'un rire aigu qui résonna dans la pièce à la décoration minimaliste. Munie de sa brosse, elle lissa ses longs cheveux effilés d'un blond presque blanc. Frêle dans sa chemise de nuit fluide, elle était pieds nus sur le sol frais. Sa mère l'aurait sermonnée si elle l'avait surprise sans chaussons, ni robe de chambre. La coquine en riait. Elle fit une révérence en s'observant. Fière de l'effet que cela produisait. Elle plissa les yeux et les ouvrit en grand. Des étoiles scintillaient dans ses pupilles. Elle ne rêvait pas. Jamais, elle ne s'était sentie aussi heureuse.

Elle se mit à danser et chanter. Cet instant d'intense bonheur et de liberté n'avait pas de prix. Elle pensa à Jules, ce qui eut pour effet de la faire frissonner. Aujourd'hui, au réfectoire, il avait frôlé sa main. A l'évocation de ce souvenir, elle éclata de rire et les yeux fermés, elle porta sa main devant sa bouche, puis la baisa. Elle eut ainsi l'impression d'embrasser celui qu'elle chérissait en secret. Qu'il était bon de sentir les frissons parcourir son corps, de la tête aux orteils, particulièrement dans son ventre ! Seul Jules, ou tout au moins la pensée de Jules, la rendait vivante.

Le chenapan avait fugué de l'établissement, la semaine précédente. Marie s'était affolée en apprenant la nouvelle. Elle n'avait cessé de demander de ses nouvelles aux surveillantes. L'alerte avait très vite été donnée, un avis de recherche édité dans le journal local avec sa photo, un numéro d'urgence imprimé, ainsi qu'un appel à témoin. Toutes ces précautions avaient payé, puisque quelques jours plus tard, il avait été retrouvé sain et sauf. Il était revenu auprès de ses camarades, après une courte hospitalisation. Elle ne lui avait posé aucune question, s'était contentée de le serrer dans ses bras. Le pauvre, il n'avait de cesse de répéter : « Je voulais rentrer chez mes parents, je voulais voir ma mère ! ». Quel crève-cœur de le voir si triste ! La fillette avait essayé de lui remonter le moral, mais rien n'y avait fait. Il verra sa famille bientôt. Noël est dans… dans combien de temps, au fait ?

Marie adorait cette période de l'année. Elle espérait que sa mère ferait un énorme sapin. Les années précédentes, elle était là pour le décorer. Mais désormais, elle ne viendrait que pour les fêtes. Qui avait eu l'idée de la pension ? Était-ce elle, pour partager davantage de temps avec ses amis, ou étaient-ce ses parents, lassés de la voir faire autant de bêtises et si peu studieuse ? Elle ne savait plus, mais elle y était bien dans son établissement « Les Mésanges ». Un joli nom, n'est-ce pas ? Son oiseau préféré pour sa beauté et la mélodie de son chant. Elle se remémora les longues promenades en forêt avec son père. Au gré de leurs balades, il lui avait appris le nom des oiseaux qu'ils découvraient, perchés sur les arbres, sautillant de branche en branche et prenant leur envol à la moindre alerte. Marie savait reconnaître le chant des oiseaux. Elle était d'ailleurs incollable sur le sujet. Sa préférence se portait sur la mésange, qu'elle soit bleue, charbonnière ou à longue queue.

Les murs de sa chambre étaient recouverts de dessins de mésanges, certains croqués grossièrement au fusain, d'autres aux crayons de couleurs, ou aux feutres. Les plus jolis étaient en peinture. En portant son regard sur les croquis, elle se demanda qui pouvait en être l'auteur. Ce qui était certain, c'était que ce n'était pas elle, trop nulle en dessin. Elle était incapable de reproduire une maison, ou des bonshommes, alors des oiseaux… Pensez-vous ! Jamais elle n'aurait pu réaliser de tels chefs-d'œuvre. Peut-être que l'une de ses amies en était l'auteure ? Elle ne se souvenait plus. Et puis, quelle importance ? L'essentiel était que ces jolis dessins agrémentaient les murs blancs de sa chambre et apportaient ainsi un peu de chaleur et de gaieté. Quelques photographies de famille jouxtaient ces illustrations. Il s'agissait d'une suggestion de la directrice de l'établissement. L'ennui, c'est qu'il y avait des portraits de personnes qu'elle ne connaissait pas. L'idée était saugrenue. Mais tout comme les illustrations d'oiseaux, cela décorait un peu et rendait l'environnement plus chaleureux. Elle s'approcha du cliché d'une femme d'une soixantaine d'années. Plus elle observait le portrait, moins elle avait l'impression de la connaître. Des rides entouraient sa bouche et ses yeux, et des cheveux blancs ornaient son visage. Une légende en dessous précisait qu'il s'agissait de « Catherine ». Marie fit une moue et s'exclama :

— Connais pas !

Taquine, la gamine lui fit sa plus belle grimace et lui tira la langue si fort qu'elle crut qu'elle allait la perdre. Elle éclata d'un rire franc devant la mine trop sérieuse de la vieille dame. En fait, tout bien réfléchi, peut-être l'avait-elle déjà vue une ou deux fois. Elle se rapprocha du portrait, s'éloigna, se rapprocha. Sa vue se troubla tant elle louchait à cet exercice. Était-ce un léger souvenir, ou une impression ? Oui, il y avait un petit quelque chose qui l'interpelait. Lassée, elle passa à une autre photographie. Sur le cliché se trouvait un couple de trente-cinq ou quarante ans. En dessous était mentionné « Nicolas et Magalie ». L'homme et la femme posaient entourés de deux enfants, devant un pavillon. Un garçon, âgé d'une dizaine d'années, habillé en footballeur, tenait un ballon entre les bras. A en croire l'inscription en dessous, il se prénommait « Samuel ». Marie détestait le foot ! Beurk ! Elle tira la langue au gamin. A ses côtés, une fillette, plus jeune, vêtue d'une jolie robe à fleurs décrochait un sourire forcé au photographe. Marie s'approcha, fronça les yeux et déchiffra « Zoé ».

— Etrange comme prénom, mais j'aime bien ! C'est amusant !

Sur un autre petit cliché, une petite fille en tutu, affichait une mine radieuse en effectuant un pas de danse. Marie passa son frêle doigt sur le visage de la ballerine et sur le costume de tulle. Elle aussi faisait de la danse. Elle avait un tutu, comme la fillette. Si une chose lui manquait depuis qu'elle se trouvait en pension, c'était bien cela, les cours de danse et surtout les galas.

Elle caressa sa chemise de nuit et ferma les yeux. Son imagination débordante fit apparaître un magnifique costume de scène en tulle et satin blanc. Puis glissant à petit pas sur le linoleum, elle s'imagina tournoyer, avec légèreté au son du « Lac des cygnes ». Elle dansait. Ses menus bras et ses mains se balançaient avec légèreté. Quel bonheur ! Derrière ses paupières fermées, la lumière brûlante des projecteurs dirigés sur elle la fit frémir d'extase. Un tonnerre d'applaudissements couvrit alors le son de la musique. Son cœur battait si fort qu'elle crut qu'il allait se décrocher, sortir de sa poitrine et finir sa course sur la scène. Son corps tremblait autant de peur que de plaisir. Elle sentait l'odeur du plancher de la scène et des lourds rideaux de velours rouges qui venaient de se lever. La senteur du talc qui enduisait le bout et la semelle de ses chaussons de pointe en satin rose lui titillait les narines. Même son costume de ballerine, qu'elle portait pour la première fois avait un merveilleux et envoûtant parfum. Les applaudissements s'estompèrent, avant de laisser la place à un silence seulement perturbé par quelques toussotements. Puis la musique reprit de plus belle. Portée par la musique de Tchaïkovski, elle tournoyait, virevoltait. La danseuse étoile, seule sur la scène du somptueux Palais Garnier, se hissa sur ses pointes. Ses bras, ses mains, même ses doigts accompagnèrent la chorégraphie, tout en harmonie. Elle se fondait dans la musique, elle était la musique. Une pluie d'étoiles tomba sur elle. Elle en percevait les douces caresses sur sa peau. Tout n'était que féérie. Marie savait qu'elle se mentait à elle-même. Jamais, elle n'avait mis les pieds au Palais Garnier, même pour le visiter. Elle avait vu des gravures sur ce bel édifice. Il s'agissait-là de son rêve le plus fou. « Rêver ne mange pas de pain » lui disait sa mère. Cela n'avait donc aucune importance. Marie, portée par la musique qui continuait dans sa tête, se sentait si légère. Elle était heureuse. Le temps s'était arrêté, une fois de plus. De splendides papillons volaient à présent autour d'elle. Elle tenait des rubans de satin dans ses petits doigts et tout en se laissant porter par ses pas de danse, elle agitait les bandes de tissus de part et d'autre de la pièce.

Si seulement Jules pouvait la voir dans cette transe ! Il était certain qu'il tomberait amoureux d'elle ! Toutes les filles des « Mésanges » essayaient d'attirer l'attention du garçon. Selon ce qui se disait, Gigi se serait promenée toute nue une nuit à l'étage, pour se rendre dans la chambre du « beau gosse ». Mais une surveillante ayant entendu du bruit l'avait prise sur le fait. Et hop ! ramenée dans sa chambre, « La Gigi ». Le plus étrange était qu'elle n'avait pas été punie. Tout le monde en avait parlé et on se moquait d'elle dans le secteur. Marie, trop pudique, n'aurait jamais osé se dévêtir de la sorte. Elle trouverait un autre moyen de séduction, notamment en lui racontant qu'elle était danseuse étoile au Palais Garnier, qu'elle avait dansé avec les plus grands. Elle pourrait citer des noms, de toute façon, il y avait fort à parier qu'il n'en connaissait aucun. Elle pourrait ajouter qu'elle était déjà partie en tournée dans le monde entier. Oui, c'est bien ça, elle lui dirait qu'elle était l'étoile la plus demandée en Russie, en Chine, au Japon, en Amérique. La chipie se mit à rire de plus belle à l'idée de son petit mensonge pour la bonne cause, épater son amoureux. D'ailleurs, était-ce réellement un mensonge ? Et si elle était cette danseuse qu'elle rêvait être ?

Tout devint flou dans sa tête. Elle éprouva un léger malaise, faillit tomber et dut se retenir à son armoire. Elle reprit ses esprits. Elle était perdue. L'espace d'un instant, elle ne savait plus qui elle était, ce qu'elle faisait dans cette pièce exigüe. Les yeux fermés, elle entendit une musique dans sa tête. Il lui semblait reconnaître les premières notes. Elle tendit l'oreille. Oui, pas de doute, il s'agissait désormais de

« Coppélia ». Telle une automate, elle commença à se mouvoir dans l'espace. Ses gestes saccadés devinrent plus légers, plus souples. Une valse l'anima davantage. Soudain, elle découvrit Jules, à ses côtés, en collant. Il l'observait amoureusement. Il s'approcha d'elle avec grâce et plaça ses mains autour de la taille de la danseuse. Elle ressentit leur chaleur envahir son corps. Ils étaient à l'unisson, beaux et jeunes l'un et l'autre. Leur duo était parfait, harmonieux. Puis, sans difficulté, il la souleva et la porta à bout de bras dans les airs. Des larmes de plaisir et d'émotion coulèrent le long des joues de Marie. Ce rêve pouvait devenir réalité, elle en était persuadée. Oui, elle raconterait cette jolie histoire de danseuse étoile à Jules. Il la prendra dans ses bras, l'enlacera et l'embrassera. Ils s'aimeront pour l'éternité.

Prise dans ses rêveries, elle n'avait pas entendu la présence d'une femme dans sa chambre. Avec douceur, cette personne l'accompagna jusque sur son lit. Marie regarda la dame, vêtue d'une blouse blanche. C'était la première fois qu'elle la voyait.

— Vous êtes nouvelle ici ?

— Non ma belle, cela fait longtemps que l'on se connait toutes les deux. Mais ce n'est pas grave. Il faut dormir maintenant, il est bien tard !

— Ce n'est pas grave !

Comme Marie aimait cette expression tellement rassurante !

Des rêves de ballerines plein la tête, des étoiles dans les yeux, des pétillements dans son cœur, elle ferma les paupières. Elle sentit une lourdeur ankyloser ses membres. L'âme légère, elle partit dans un songe, bercée d'un doux chant de mésanges, virevoltant au-dessus d'un lac où flottaient des cygnes.

La dame en blouse sortit sur la pointe des pieds et referma la porte de la chambre. Au bout du couloir, une pancarte précisait aux visiteurs et aux familles « EHPAD des Mésanges, Unité protégée Alzheimer ».

Table des matières

Le Père Noël est déprimé 5

Magie de Noël 11

Le Noël de Jacky 19

Mado 25

Un mystérieux objet 31

Un Noël exceptionnel 37

Attrape le temps ! 45

Une neige bienfaitrice 59

Lola et Max 65

Les Mésanges 71

Remerciements

Mes proches et mes lecteurs, vous me réclamiez depuis longtemps un recueil avec les différents contes ou nouvelles de Noël écrits au fil du temps. C'est pour vous que j'ai décidé de franchir le pas. Vous m'êtes fidèles depuis la sortie de mon premier roman, vous m'encouragez, je vous devais bien cela.

Je souhaite particulièrement remercier Arnaud, mon mari, qui me soutient, m'encourage, me supporte chaque jour. Il m'a d'ailleurs soufflé le titre de ce recueil.

Un immense merci aussi à ma fille, Alexia, toujours là pour m'encourager, me conseiller. Elle est la créatrice de cette magnifique aquarelle dont elle s'est servie pour réaliser la couverture.

Je remercie enfin mon amie Véronique, qui a eu la gentillesse de me relire et me corriger.

De la même auteure :

« Les secrets du cylindre » Editions du Citron Bleu - mai 2013 - réédition en 2019 (Roman à intrigues)

« Résurgence » Editions du Citron Bleu - octobre 2015, (Roman à intrigues)

« Les fleurs du diable » (nouvelle édition) Lacoursière Editions 2022 (Editeur en cessation d'activité)

Site de l'auteure : http://isabellebruhlbastien.e-monsite.com/